AF404267

LE SIÉGE

DE

MONT-ROUGE,

OU

LE JÉSUITISME DÉTRUIT.

LE SIÉGE

DE

MONT-ROUGE,

OU

Le Jésuitisme détruit,

POÈME HÉROÏ-COMIQUE

EN TROIS CHANTS;

Par Charles-François Bertu.

À **Paris,**

CHEZ L'ÉDITEUR,

RUE POUPÉE-SAINT-ANDRÉ-DES-ARTS, N° 14;

ET CHEZ LES MARCHANDS DE NOUVEAUTÉS.

1826.

PRÉFACE.

Qui n'aime point Cottin ne chérit point son Roi,
Et n'a selon Cottin ni Dieu, ni foi, ni loi.

Qui n'aime pas les Jésuites, ah! c'est bien pis encore! qui n'aime pas les Jésuites, déteste tous les rois, toutes les religions. C'est un jacobin, un napoléoniste, un impie, un matérialiste, un hérétique, un athée, un philosophe enfin à brûler vif et mort, *in terrâ et in infernis.* Tel est du moins le jugement charitable que ces bons religieux ont porté sur leurs adversaires, sans doute en vertu de ce précepte de l'évangile : *aimez vos ennemis comme vous-mémes ; faites du bien à vos ennemis.* Pour moi, qui ne sais point tirer d'un texte sacré un sens diamétralement opposé à celui qu'il exprime, je ne demanderais pas mieux que de faire du bien aux Jésuites ; mais je voudrais qu'ils cessassent où qu'il leur devînt impossible de faire le mal. En attendant que ce temps heureux se présente, je vais essayer de jeter un bâton dans la roue

du char superbe sur lequel ces humbles apô-
tres parcourent la France en triomphateurs.
Pour arriver à ce but, m'élançant dans le domaine de l'imagination, je chanterai les combats livrés à l'hydre de Loyola, hydre funeste
autant que terrible, dont les têtes plus nom-
breuses et plus vivaces que celles du monstre
écrasé par Hercule, repoussent et se multi-
plient sous les coups qui les abattent.

Une courte digression devient sans doute
nécessaire : deux partis divisent en ce moment la France entière, le parti de la raison
et celui du jésuitisme ; d'un côté sont rangés
les véritables amis de la religion, du trône et
des lois, de l'autre les ennemis de toute in-
stitution sociale, les propagateurs de l'obscu-
rantisme, les corrupteurs des peuples, les
meurtriers des rois et les séides de toute liberté. A la vue du danger dont cette dernière
classe menaçait notre existence religieuse,
civile et morale, accouru du sommet neigeux
des montagnes d'Auvergne, un loyal chevalier, un homme environné de l'estime que lui
ont conquise de longues années d'une vertu
irréprochable ; sentinelle vigilante, a fait
entendre le cri d'alarme dans le palais des

rois, et les échos de la nation ont rendu sa voix plus forte et plus solennelle. Vainement un M. Madrolle, jésuite à robe courte, stipendié sans doute, a cherché à nous prémunir contre le but que s'est proposé M. de Montlosier en dénonçant au roi, aux chambres et à la patrie l'existence d'un ennemi qui trame dans l'ombre des complots parricides; vainement il a dit que le vertueux solitaire de Randanne, le citoyen utile qui consacre les derniers momens de sa vie au perfectionnement de l'agriculture, n'est qu'un égoïste, un homme encroûté de féodalisme, qui veut abattre la puissance ecclésiastique pour élever sur ses ruines la puissance nobiliaire. Je ne crois pas M. Madrolle, parce qu'il ne donne aucune preuve justificative pour soutenir son assertion; bien plus, je ne le crois pas, parce qu'il est jésuite. L'auteur du mémoire à consulter a montré trop de raison, trop de patriotisme pour qu'il laisse présumer cette arrière-pensée. Moins que personne, il ignore que les siècles ne rétrogradent pas, et que le gouvernement royal tient trop à ses propres intérêts pour nous reporter à ces temps de barbarie où les descendans de Charlemagne,

dépouillés par leurs nobles vassaux, voyaient
leur empire se borner à l'étendue du territoire
de la ville de Laon. Ce qui m'a beaucoup amusé
en lisant l'ouvrage du jeune robin, c'est cette
assurance pateline avec laquelle il nous af-
firme que le but de la congrégation est le
bonheur des hommes dans ce monde et dans
l'autre. Il ajoute avec la même persuasion que
le jésuitisme, en travaillant avec ardeur à la
propagation d'une religion qui rend tous les
hommes égaux aux yeux de Dieu, tend né-
cessairement à établir la liberté, l'égalité.
M. Madrolle s'étend avec complaisance sur ce
système qui sourit tant à l'imagination ; mais
alors j'ignore pourquoi nous ne placerions
pas Robespierre et Danton au rang des apô-
tres, eux qui ont si vigoureusement prêché
la liberté et l'égalité. Enfin l'éloquent avocat
des Jésuites nous présente le retour de ces
bons pères sous l'aspect le plus riant et le
plus fortuné : c'est du miel, c'est de l'huile
dorée qui sort de sa bouche lorsqu'il énumère
les avantages de leur règne bienfaiteur. Mais
sa voix devient un tonnerre quand il attaque
leurs ennemis ; car, intrépide champion, il ne
se contente pas de parer les coups qu'on leur

porte, mais son zèle tolérant le fait précipiter
dans les rangs opposés pour entourer ses adversaires de tous les brasiers de l'enfer.

Ami de la religion, du prince et de nos
institutions, j'ai dû faire partie de la croisade
qui est en marche contre une puissance impie, régicide et anti-sociale, je me range sous
les drapeaux des ennemis du jésuitisme avec
les armes que j'ai cru les plus convenables à
mes forces et à ma jeune habileté; puissent-
elles être de quelque utilité à la noble entre-
prise qui pousse le fanatisme jusque dans ses
derniers retranchemens! En France on aime
à rire; j'ai cherché, autant qu'il m'a été pos-
sible, d'égayer mon sujet, et si c'est à la charmante production de MM. Méry et Barthelemy
que je dois l'idée du poëme que j'offre au pu-
blic, c'est aussi à la haine que je porte aux
ennemis de la religion, du monarque, de la
charte, des arts et de l'industrie, que je suis re-
devable des pensées courageuses qui s'y trou-
vent répandues. Je devrais peut-être maintenant, par une doucereuse introduction, préparer l'esprit de mes lecteurs à l'indulgence;
mais je suis trop novice encore pour être initié
dans la connaissance de ces moyens de succès,

ou plutôt dans l'usage de ces parachûtes littéraires : si mon ouvrage fait rire, il est bon ;
s'il fait bâiller, j'ai manqué le but que je me
suis proposé. Il me semble que, dans l'un et
l'autre cas, une allocution pathétique au lec-
teur ne changerait rien au fond de la chose.

Il me reste maintenant à répondre à une
observation que l'on me fera même sur le seul
titre de mon ouvragè. Vous représentez, me
dira-t-on, les Jésuites renversés sous les coups
de M. de Montlosier et de ceux qui professent
sa doctrine, et cependant les Jésuites sont
plus en faveur que jamais. A cela je répondrai
que dans l'opinion publique les disciples
d'Escobar sont entièrement perdus, et que la
loi qui les bannit, impassible, est encore
armée de son arrêt foudroyant. Aux yeux
d'un Français constitutionnel, il n'y a pas et
ne doit pas exister de Mont-Rouge. D'ailleurs,
usant de la prérogative accordée aux amans
des muses, j'ai pu employer la fiction. Ah !
puisse la réalité montrer bientôt à la France
que, dans son rêve patriotique, un jeune
poëte a prononcé un oracle plus sûr que celui
de Calchas.

LE SIÉGE

DE

MONT-ROUGE.

Chant Premier.

ARGUMENT.

Invocation. — Idée de l'ennemi qu'il faut combattre. — Arrivée de Montlosier.—Son discours.—Des guerriers se rangent à sa voix sous ses drapeaux. — Leur dénombrement. — Renfort de chevaliers conduits par
Delphine Gay. — Sortie virulente d'une marquise contre cette jeune
amazone. — Cette dernière offre ses services au chef suprême. — Son
discours. — Joie ineffable de Jouy. — Montlosier donne le signal du
départ. — Chant de guerre entonné par Béranger.

O Muse, qui naguère, inspirant deux poëtes,
Fis sonner des combats les bruyantes trompettes,
Et du moderne Law foudroyant les appuis,
Arboras tes drapeaux sur son palais conquis [1] :
Arme-toi de nouveau ; qu'il gronde ton tonnerre ;
Ce n'est pas contre un seul que tu portes la guerre,
Contre un de ces mortels qu'un caprice de cour
Choisit, caresse, élève ou renverse en un jour :

Jamais un ennemi, dans sa rage animée,
N'a levé contre nous de plus fatale armée.

Dans le palais des rois, sous le toit du pasteur,
Il sait, lorsqu'il le faut, trouver un bras vengeur;
A toute heure, en cent lieux, tu le verras paraître.
Il saura dans tes camps introduire le traître;
Le poignard assassin sort de ses arsenaux,
Et ta fille, séduite, aidera ses complots.

Dans l'ombre tu verras sa vengeance perfide
Préparer des poisons le breuvage homicide.
Ministre de l'enfer, par un contraste affreux,
Il se sert, pour frapper, de la foudre des cieux.
Pour abattre ce monstre, il faut, brûlant de zèle,
Mener de paladins une troupe immortelle,
L'attaquer, le combattre et punir à la fois
Le corrupteur du peuple et l'assassin des rois.

Dans son antre assiégé nous allons le surprendre:
Mont-Rouge, vainement tu voudrais te défendre,
Le démon des combats détruit tes bataillons,
Ils n'infecteront plus l'air que nous respirons.

Mais où m'égare, ô ciel, un impuissant délire!
Puis-je, nouveau Tyrtée, aux accords de ma lyre,
Susciter des guerriers, nobles enfans de Mars?
Où sont mes compagnons, leurs vaillans étendards?

Vais-je seul entreprendre une guerre sanglante ?

Mes vœux sont exaucés : un guerrier se présente ;

Sans faste, sans orgueil, un casque du vieux temps,

D'un panache ombragé cache ses cheveux blancs ;

Son front, que rembrunit une teinte sévère,

Me révèle l'ardeur d'une sainte colère,

Et je lis sur l'azur de son fer belliqueux :

Anathème éternel au jésuitisme affreux.

Au bruit de nos périls il accourt plein d'audace.

Suppôts de Loyola, d'Escobar et d'Ignace,

En vain vous fendez l'air de vos signes de croix,

Nasillant la prière, en vain j'entends vos voix ;

Menaçant de vertus, paré de son vieil âge,

Frémissez ! Montlosier vient m'offrir son courage.

« Non, non, je ne dois plus, redoutant le poison, »

Dit le preux chevalier, en m'apprenant son nom,

« Je ne dois plus souffrir, c'est mon Dieu qui m'inspire,

« Qu'un ramas de pervers insulte à cet empire.

« Ce sera donc en vain qu'un sage parlement

« Les aura tous flétris par un bannissement !

« Ce sera donc en vain que, craignant leurs conquêtes,

« Rome, de son tonnerre, aura frappé leurs têtes !

« Quoi ! pareils au serpent dont l'ardente fureur

« Lance un dard vénéneux contre son bienfaiteur,

« Je les verrais, enflés d'une horrible espérance,

« Etouffer le bonheur dont jouissait la France,

« Et montrer, à mes yeux, dans le Louvre envahi,

« Les fils de Ravaillac près des fils de Henri !....

« Non, non, pour disperser une ligue infernale,

« Armons d'un glaive saint ma main nationale.

« O vous, fils de la France, accourez à ma voix ;

« Du trône et de l'autel, vengeons, vengeons les droits;

« Guerre, guerre à jamais à l'obscur fanatisme,

« Et perdons sans retour l'infâme jésuitisme. »

Elevant son épée, à peine le héros

A-t-il par ce discours éveillé les échos,

Que je vois accourir, pleins d'honneur, de vaillance,

D'illustres paladins une phalange immense.

Couvert d'un casque d'or, à l'éclatant cimier,

Constitutionnel, tu parais le premier ;

J'ai reconnu soudain ta bannière aguerrie

Où brille ces deux mots : *la Charte*, *la Patrie*.

Rangé si près de toi, quel est ce chevalier

Qui, vigoureux, maîtrise un rapide coursier ?

Le hâle des combats ennoblit son visage :

C'est le *Courrier Français*, fameux par son courage,

Marchant à pas égal sur son fier palefroi.

Je distingue Perrier, digne héritier de Foy,

Qui, modeste au conseil et foudre à la tribune,

Fait si souvent trembler V....... et sa fortune.

Manuel, qu'*empoigna* le sbire obéissant,

De ses mains échappé, se place au même rang.

Ternaux, fier de briller dans les luttes publiques,

Pour le suivre, a quitté ses comptoirs, ses fabriques;

Une laine ravie aux plus fins mérinos,

D'un riche vêtement a paré ce héros.

Et toi, cher Benjamin, toi, dont l'âme stoïque,

Avant tes propres maux vois la chose publique,

A de nobles dangers, jaloux de prendre part,

Sur un brancard porté, tu viens, nouveau Bayard.

A la droite est placé, vieux soutien du monarque,

Le fier Labourdonnaie, avec son *Aristarque;*

A la gauche de Pradt, qui, grand-prêtre de Mars,

Aux camps habitué, n'en craint pas les hasards.

Au centre Périgord, à l'équivoque gloire,

Qui s'avance en boitant pour bénir la victoire.

Mais tout-à-coup le son des clairons belliqueux,

M'annonce, heureux renfort, un escadron nombreux;

Sous les pas des coursiers vole au loin la poussière,

Et le camp obscurci me cache sa barrière.

Muse de la patrie, au sourire divin[2],

C'est toi qui sus ravir au faubourg Saint-Germain

Ces nobles chevaliers. Enivré de tes charmes,
Chacun d'eux te consacre et son cœur et ses armes.
  Dans les nobles salons que de pleurs vont couler!
Entends cette marquise aigrement exhaler
Sa dévote fureur, sa morgue maternelle :
« Maudit soit le moment où cette péronnelle,
« Des vilains d'outre-pont désertant le quartier,
« Introduisit chez moi son minois roturier!
« De ses jeunes erreurs elle était repentante !
« Fiez-vous à ces gens! La belle pénitente !
« Interrompant le cours d'un honneur féodal,
« Elle infecte nos fils d'un schisme libéral ,
« Et, rebelle aux soutiens de notre politique,
« Les conduit apostats près d'un chef hérétique. »
  Pendant que la marquise, exemple de douceur,
Entretenait ainsi son jeune directeur,
Que faisait dans le camp notre jeune héroïne?
« Vénérable guerrier, je me nomme Delphine, »
Dit la Muse charmante en découvrant les lys
De ce front que l'Amour pour son trône avait pris;
De ce front si serein qu'orne une chevelure,
Témoin révélateur d'une belle nature.
« Vénérable guerrier, j'ai su qu'un grand projet
« T'a contraint de quitter ton sauvage châlet,

« Et qu'un siége terrible autant que nécessaire

« Va bientôt exercer ton talent militaire.

« Bien des fois les journaux t'auront sans doute appris

« A qui je dois le jour, quelle fille je suis.

« A mon cœur généreux ta voix s'est fait entendre ;

« Ce n'est plus le moment d'une voix fière ou tendre

« De marier mes chants aux sons d'un clavecin ;

« Ce n'est plus le moment, une bourse à la main,

« Pour la Grèce opprimée, engageante quêteuse,

« De hâter des Crésus la lenteur paresseuse.

« Jeanne d'Arc de nos jours, j'accours avec ardeur

« T'offrir mon bras, mon sang et ma jeune valeur.

« Ce n'est pas encor tout : désireux de me plaire,

« Vois-tu ces paladins à la mine guerrière ?

« Hier encor, sans vertu, dans le luxe endormis,

« Aux Bouffes ils traînaient le poids de leurs ennuis.

« Hier encor, leurs chevaux, honteux de leurs services,

« Roulaient en tilbury le rebut des coulisses.

« De tous ces énervés je forme des héros,

« Et, coursiers des combats, j'ennoblis leurs chevaux.

« Bien plus, pour réunir dans une âme guerrière

« Les flammes du dieu Mars aux flammes de Cythère,

« Je jure devant toi, je jure au nom des cieux,

« De choisir pour époux le plus vaillant d'entre eux. »

Au serment solennel de la belle amazone,

Des guerriers châtelains la voix au loin résonne;

Ils promettent en chœur de vaincre ou de mourir,

Et tout le camp ravi s'empresse d'applaudir.

Je t'aperçus, Jouy, charmé par la magie

Du discours prononcé par ta muse chérie,

Je t'aperçus, trois fois baissant ton capuchon,

Pour jouir en secret, me dérober ton front.

Cependant Montlosier, en capitaine habile,

Voit cet enthousiasme à ses desseins utiles;

Il donne le signal, et, Pindare du camp,

Béranger du départ fait entendre le chant[3].

CHANT DE GUERRE.

ALLONS, enfans de la Victoire,
Préparez-vous, armez vos bras;
Il est encor des jours de gloire
Pour nous dans de nouveaux combats.
Dans nos cités, dans nos campagnes,
Les voyez-vous, ces imposteurs?
Ils viennent, fléau de nos mœurs,
Corrompre nos fils, nos compagnes.

Aux armes, chevaliers, marchez tous réunis,
Marchez, de Loyola renversez les appuis.

Que veut cette horde affamée
De frocards, de moines errans?
Que veut à la France alarmée
Cette lèpre de fainéans?
La replonger dans la misère,
Des arts éteindre les flambeaux,
Et se partager les lambeaux
De la nation tributaire.

Aux armes, chevaliers, marchez tous réunis;
Marchez, de Loyola renversez les appuis.

Tremblez, infâmes régicides,
Transfuges de tous les partis,
Oui, tremblez, ennemis perfides,
Vous allez être anéantis.
Vainement l'enfer vous protége :
Le Tout-Puissant est en courroux;
Son tonnerre gronde sur vous,
Il va frapper le sacrilége.

Aux armes, chevaliers, marchez tous réunis;
Marchez, de Loyola renversez les appuis.

Cherchez dans un autre royaume
Un asile pour les forfaits;
Rome même, la sainte Rome,
Vous a chassés de ses palais.
Allez dans un autre hémisphère
Porter le masque des vertus,
Où vos crimes soient inconnus,
S'il est quelque rive étrangère.

Aux armes, chevaliers, marchez tous réunis;
Marchez, de Loyola renversez les appuis.

C'est donc, ó toi, noble patrie,
Le plus illustre des états,
Des ressources de l'industrie,
Qui dois nourrir tous ces ingrats !
Pour répondre à ta bienfaisance,
Tu les verras avec effroi
Du sang du peuple et de son roi
Inonder le sol de la France.

Aux armes, chevaliers, marchez tous réunis ;
Marchez, de Loyola renversez les appuis.

Fille des cieux, mère chérie,
Religion, arme nos mains,
Dissipe une ligue ennemie
Qui profane tes temples saints.
Sous ton immortelle bannière
Qu'il paraisse le Dieu vainqueur ;
Qu'il vienne au champ de la valeur
Guider notre troupe guerrière.

Aux armes, chevaliers, marchez tous réunis ;
Marchez, de Loyola renversez les appuis.

NOTES DU CHANT PREMIER.

    ¹ Et du moderne Law foudroyant les appuis,
      Arboras tes drapeaux sur son palais conquis.

Et M. de V....... aussi l'a lu l'ingénieux poëme de la *Ville-
liade;* on raconte à ce sujet, qu'après cette lecture, le ministre gascon s'est écrié : « Cadédis! on me maltraite un peu,
« j'en conviens; mais ça ne fait pas de mal; ils chantent, tant
« mieux, ils paieront. »

    ² Muse de la patrie, au sourire divin.

Tout le monde sait que mademoiselle Delphine Gay a été
surnommée la Muse de la patrie; les grâces roturières de cette
charmante plébéienne ont, dit-on, insurrectionné le faubourg
Saint-Germain; toutes les douairières à prétentions ont eu des
attaques de nerfs, et, suivant la chronique, plus de cent jeunes
gentilshommes, crysalides féodales jusqu'alors, sont venus, à sa
présence, papillonner sous les drapeaux du libéralisme.

    ³ . . . . Et, Pindare du camp,
      Béranger du départ fait entendre le chant.

Il n'est pas un village en France où l'on ne connaisse notre
poëte national; mais il est bien des personnes qui ignorent
l'anecdote suivante, qui ne peut manquer de trouver place dans
sa biographie. M. Rouget de l'Isle, auteur de la fameuse Mar-
seillaise, était, il n'y a pas long-temps, détenu pour une dette
assez considérable à Sainte-Pélagie. M. Béranger apprend la
position pénible où il se trouve réduit; il accourt avec em-
pressement, paie les créanciers et rompt les fers qui rete-
naient en prison un des doyens de notre littérature. Honneur,
trois fois honneur à celui qui ne se contente pas de chanter
la liberté, mais qui la procure encore à ceux que le malheur
poursuit!

FIN DES NOTES DU CHANT PREMIER.

2[*]

𝕮𝖍𝖆𝖓𝖙 𝕾𝖊𝖈𝖔𝖓𝖉.

ARGUMENT.

Il fait nuit. — Tout sommeille à Mont-Rouge. — Songes divers de ses habitans. — Apparition de Damiens au Provincial. — Le spectre lui conseille de fuir. — Réveil du Jésuite. — Sa fureur. — Il monte au belvéder, aperçoit l'ennemi, sonne le tocsin et invite sa troupe à s'armer. — A sa voix, la monacaille court au pied du rempart. — Frère Frappart est le seul qui ose y monter. — Son effroi. — Sa chute. — Redoublement de frayeur. — Toute la bande prend la fuite. — Moyen employé par V.... pour arrêter ces peureux. — Il les harangue de nouveau. — Arrivée d'un moine espagnol. — Il annonce que l'armée des inquisiteurs et des trapistes d'Espagne a été confondue par le feu du ciel. — Ce narrateur tombe en défaillance. — Moyen dont se sert le chantre Bourdon pour le ressusciter. — Reconnaissance du frocard. — Son ivresse bachique. — Il fait hommage aux habitans de Mont-Rouge, comme d'un Palladium, du froc invulnérable du fameux trapiste. — On le place en drapeau sur le clocher. — Le courage et la joie renaissent. — Banquet, tostes et bravade. — Les bons pères prennent les armes. — Coup d'œil rapide sur le camp de Montlosier, qui fixe au lendemain l'attaque générale.

Sous un ciel orageux, étendant son domaine,
Une nuit sans éclat roulait son char d'ébène,
Et d'un profond sommeil secouant les pavots,
Sur Mont-Rouge surtout les versait à grands flots.
Il était minuit juste à la grande pendule.
Mille songes heureux, de cellule en cellule,

Promenaient, différens, l'escorte qui les suit,
Et des plaisirs du jour entretenaient la nuit.

 Frère Ventru, poussé par sa faim indomptable,
Déployait sa serviette et se mettait à table;
Plus friand, Bichonnet de la sœur Séraphin,
Sirotait le moka, croquait le masse-pain;
Celui-ci, se croyant encore à l'exercice,
Pour crier *téte à droite*, oubliait son office¹;
Et cet autre, à la fin de son noviciat,
S'étudiait à rouler des yeux comme un béat.

 C'est toi le plus heureux, jeune et tendre de Vale!
Toi, qui dois tant bénir l'équité féodale,
Puisque, pour enrichir ton seigneur, ton aîné,
Au triste célibat tu te vois condamné;
Libre par un doux rêve, auprès de ta Sophie,
Tu viens de lui vouer et ton cœur et ta vie;
Et, dégageant son front du voile virginal,
Tu la conduis, épouse, à son lit nuptial;
Tes bras....... Ciel! quel fantôme apparaît à ma vue²
Des corridors déserts il parcourt l'étendue,
Et traînant les lambeaux d'un suaire sanglant,
Son squelette hideux s'avance en grandissant;
Ses os semblent brisés sur une roue affreuse,
Et son souffle répand une odeur sulfureuse;

Il paraît se hâter, et du Provincial
Il écarte, empressé, le rideau monacal.

« Réveille-toi, V...., dit sa voix gémissante :
« Pour toi, Damiens, quittant sa demeure brûlante,
« T'avertit des dangers qui vous menacent tous ;
« Mille ennemis puissans sont ligués contre vous.
« Il en est temps encore avant que leurs cohortes
« Environnent vos murs, se pressent à vos portes.
« Le martyr qui pour vous a répandu son sang,
« Est venu te donner cet avis important.

« Abandonnez, fuyez, fuyez une contrée
« Où l'on voit en horreur votre secte abhorrée ;
« Fuyez, fuyez un sol qui tressaille, encor teint
« Du sang que répandit mon poignard assassin.....
« Ce peuple généreux, de ses rois idolâtre,
« Ne veut plus les souffrir, les bourreaux d'Henri-Quatre ;
« En France pour toujours votre règne est passé. »

Le fantôme sanglant, à ces mots éclipsé,
Après lui n'a laissé qu'une flamme bleuâtre,
Ainsi qu'en fait briller Comte sur son théâtre.
« Moi, fuir, dit s'éveillant le moine furieux !
« Moi, fuir, et pour toujours abandonner ces lieux !
« Qu'est venu radoter cette bouche damnée ?
« A jamais mon cordon tient la France enchaînée,

« Et, s'il se mutinait, le rebelle apprendra
« Ce que peut au besoin un fils de Loyola.....

  « Après tout, quels sont-ils ces ennemis à craindre?
« Quelques vils libéraux, que nous saurons atteindre,
« Quand des auto-da-fé réveillant les rigueurs,
« Il faudra des billets de nos saints confesseurs.
« Est-ce ce Montlosier qui, près des cours sans titre²,
« Voudrait de notre sort s'ériger en arbitre?
« Ils ignoreraient donc nos forces, nos appuis.
« Comptent-ils dans leurs rangs . . . .

. . . .

. . . .

. . . .

« Le mouchard, le gendarme, enfin le grand sultan?»
  Il se lève, à ces mots, appelle Marianne,
Lui demande ses bas, ses patins, sa soutane;
Montons, dit-il, montons toujours au belvéder
Voir s'il annonce vrai, ce messager d'enfer.

  Au loin son œil ardent dévore la campagne.
L'aube dorait alors la prochaine montagne,
Et, par un doux concert, quelques oiseaux joyeux
Célébraient le retour de l'astre radieux.

  Vers le nord du manoir comme il portait la vue,
Il voit les bataillons d'une armée étendue;

Il distingue bientôt leurs casques, leurs coursiers,
Et des chefs avancés les superbes cimiers.

« Il n'en faut plus douter, c'est là, c'est là la proie,
« C'est là le Philistin que le ciel nous envoie.
« Il vient pour succomber devant un Dieu jaloux,
« Devant ce Dieu de sang qui guidera nos coups. »
Roulant des yeux hagards, semblable à la Discorde,
De la cloche, à ces mots, il se pend à la corde,
Et, balançant enfin l'airain retentissant,
D'une alarme soudaine il remplit le couvent.

A ce signal bruyant, aux dormeurs si fatale,
La crécelle a mêlé sa voix canoniale :
On s'habille, on se presse ; en nombreux pelotons,
Accourent aux couloirs moines et moinillons :
En deux files rangés, déjà de la chapelle
Ils ont pris, en bâillant, la route habituelle ;
Lorsque leur chef, cessant de sonner le tocsin,
Les arrête, et leur dit d'un ton de souverain :
« Où portez-vous vos pas, véritables machines ?
« Ce n'est pas le moment d'aller chanter matines ;
« Des soins plus importans doivent vous occuper :
« Un ennemi puissant vient vous envelopper.
« Oui, j'ai vu de mes yeux ses enseignes flottantes,
« Ses soldats, ses canons, ses armes menaçantes,

« Et sans vous amuser d'inutiles discours,

« Déjà ses éclaireurs paraissent sous nos tours.

« Alerte ! mes amis, jetez vos bréviaires,

« Quittez vos capuchons, laissez là vos rosaires.

« Alerte ! courez tous, amenez les caissons,

« Hérissez de vos fers nos murs, nos bastions,

« Chauffez à flots bouillans l'huile, la poix-résine,

« Et privez, s'il le faut, de broches la cuisine. »

Quelquefois, parcourant la plaine ou le coteau,

Heureux de méditer avec votre Rousseau,

Votre pied, dédaignant un amas de poussière,

S'est-il jamais plongé dans une fourmilière?

Soudain vous aurez vu la peuplade en émoi

Aller, marcher, courir, s'agiter dans l'effroi :

De même à ce discours toute la monacaille

Va, marche, court, s'agite au pied de la muraille.

Cependant telle était sa mortelle frayeur,

Qu'aucun ne se pressait d'en gravir la hauteur;

Tous regardaient Frappart, Frappart, dont le courage

Dans plus d'un séminaire a déjà fait adage;

Frappart, que chacun sait, en mainte occasion,

Au moins avoir valu six gendarmes de front.

En ce jour, perdra-t-il toute sa renommée?

Non, non : frère Frappart, dont l'âme est animée,

Poudreuse, a retiré l'échelle du hangar,

Et, couvert de *bravos*, paraît sur le rempart.

Il regarde.... ô surprise ! il a cru voir le diable

Dirigeant les guerriers de l'armée innombrable.

Il se signe trois fois, et de peur renversé,

Sur vingt crânes tondus il tombe fracassé.

En fallait-il autant pour combler l'épouvante

Qui remplissait déjà la frocaille tremblante ?

A l'instant tout veut fuir, mais le chef prévoyant

Oppose à ce projet un obstacle puissant :

Le terrible canon garde chaque avenue,

Et parque dans la cour cette troupe éperdue.

C'est alors que, montant sur deux larges tonneaux,

Le fier Provincial fait retentir ces mots :

 « O honte ! ô désespoir ! pleure, grand saint Ignace...

« Dans ce tas de poltrons reconnais-tu ta race ?

« Frères trop insensés ! où portaient-ils leurs pas ?

« Pour fuir un vain péril, ils allaient au trépas.

« Sans doute qu'ils couraient se cacher dans les caves,

« Derrière mon Bordeaux, parmi les betteraves,

« Afin que l'ennemi pût sans difficulté

« Les hacher, un par un, comme chair à pâté.

 « Mais rendez grâce au ciel; craignant votre faiblesse,

« J'ai dû vous préserver d'une telle bassesse ;

«Et bien plus , je saurai, ranimant votre ardeur,
«Ressusciter en vous le courage et l'honneur.
«Répondez : d'où vous vient cette terreur panique?
«Est-ce ainsi qu'on déploie un zèle monastique ?
«Est-ce ainsi que nos saints, nos martyrs, nos héros,
«Tremblaient, même penchés sous le fer des bourreaux?

   «Ouvrez à leurs regards vos pages éloquentes,
«Monument de ferveur, *Lettres édifiantes*;
«Montrez à ces peureux, pour un rien consternés,
«Nos frères sans effroi dans la Chine..... échinés!....
«Les plaisirs auraient donc molli votre courage?
«Vous êtes tous pourtant au printemps de votre âge;
«Vos rabats sont cachés sous vos triples mentons,
«Et l'heureuse santé s'annonce sur vos fronts.

   «Ah! si vous contempliez l'impuissant assemblage
«Qu'a grossi contre nous une jalouse rage;
«Si vous en connaissiez les chefs ambitieux,
«L'un de l'autre ennemis, l'un de l'autre envieux;
«En voyant seulement leurs enseignes flottantes
«Nuancer dans les airs leurs couleurs différentes;
«Il n'est aucun de vous qui puisse avec raison
«Dire que dans ce camp habite l'union;
«Et, sans marcher plus loin dans une route oblique,
«Sans voiler plus long-temps ma prudente tactique,

« Il faut le révéler, n'en soyez point surpris,

« Dans plusieurs de leurs rangs je compte des amis.

   « Je dois en convenir, privés d'auxiliaires,

« Ah ! si nous n'avions eu que nos faibles rosaires,

« Nos châsses, nos lutrins, nos dais, nos goupillons,

« La flamberge du Suisse et nos bénédictions,

« C'eût été, je l'avoue, une pauvre défense ;

« Mais d'alliés nombreux, quelle sainte alliance !....

« Mon zèle n'ira pas, épargnant vos momens,

« Vous en faire, verbeux, les longs dénombremens :

« Vous montrer de nos murs les parapets utiles

« Couvrant de nos canons les meurtriers projectiles ;

« Des milliers de fusils qui, tous en bon état,

« Semblent aux arsenaux appeler le soldat ;

« Je pourrais taire encor qu'il n'est pas de novice

« Qui même à P........ n'apprenne l'exercice.

« Vous en êtes témoins ; je dois donc au dehors

« Promener un instant mes yeux sur nos renforts ;

« Et, pour ne rien cacher de mes plans militaires,

« Commençons par parler d'abord de nos derrières :

« C'est là que j'ai placé, sans doute à votre gré,

« De nos jeunes héros le bataillon sacré ;

« D'Issy, de Saint-Acheul, les directeurs jésuites

« Parmi ces beaux garçons comptent cent néophytes ;

«Le reste est composé d'aimables confesseurs
«Dont le noble faubourg a façonné les mœurs.
«Aux moines étrangers, proposés pour modèles,
«Près d'eux je rangerai ces légions fidèles
«Que l'Espagne...» A ces mots, un frère, s'avançant,
Annonce à l'orateur qu'un étranger l'attend.

    «Est-ce du camp impie un vil parlementaire ?
«Dites-lui qu'entre nous à mort règne la guerre ;
«Mais si c'est un ami, fier de se signaler,
«Introduit près de moi, qu'il vienne me parler.»
Il dit, et la moinaille ouvre un large passage.

    Esquissons à grands traits le nouveau personnage :
Son corps, mal assuré contre l'effort du vent,
Sur ses faibles jarrets se traîne chancelant ;
De son vaste chapeau la grotesque envergûre
Ride le cuir jauni du haut de sa figure,
Et pour qu'un tel portrait ne me tienne arrêté,
D'un bouc il a la barbe et la malpropreté.

    Cinq fois se disloquant, son échine s'escrime
A saluer le chef, le révérendissime ;
Enfin, se relevant, le moderne Sidrac
Nasille ce narré qui sentait.... le tabac :

    «La très-sainte Hermandad, supérieur vénérable,
«Se hâtait d'envoyer, à vos vœux favorable,

« L'élite qu'elle était fière de vous offrir.

« A son ordre absolu, diligens d'obéir,

« Six cents de mes pareils gravissaient la montagne

« Qui borne vers le nord la catholique Espagne,

« Lorsque nous rencontrons dans un étroit sentier

« De trapistes pieux un régiment entier.

« Tristes, silencieux, mais payés de leur zèle,

« Ces moines emportaient la dépouille mortelle

« De ce héros chrétien, qui, levant l'étendard,

« Du nomade Mina fut le Colin-Maillard [3].

« A l'aspect du cercueil qui contenait sa cendre,

« De sa mule chacun s'empresse de descendre;

« Et bientôt, nous mêlant aux bons religieux,

« Dans leur vaste manoir nous entrons avec eux.

« Je ne vous peindrai pas cette cérémonie,

« Le *Libera*, les pleurs, les chants, la sonnerie,

« L'oraison de rigueur, et mille paysans,

« Dans le cloître envahi, bousculés, bousculans;

« Mais je dois rappeler un terrible prodige

« Dont le souvenir seul me donne le vertige :

« Sans cabale, choisi parmi mes compagnons,

« Dans les champs d'alentour pour bénir les moissons,

« De l'édifice saint j'abandonnais l'entrée,

« Portant de Maragnon la soutane sacrée :

« Soudain, ah ! c'est ton ciel, rebelle Portugal,

« Qui sans doute a vomi ce tonnerre fatal !

« Soudain d'un feu meurtrier l'ardente chevelure

« Du clocher, de la nef, écrase la toiture :

« On se presse, on veut fuir; mais, hélas! vainement;

« Tout croûle, et seul j'échappe à cet embrasement. »

A ces mots, de douleur, peut-être d'abstinence,

Le narrateur chancelle et tombe en défaillance.

Cent flacons dans les airs s'élèvent à l'instant :

Le frère en recevait le déluge odorant,

Lorsque Bourdon, le chantre à la face vermeille,

Se presse, se fait jour, portant une bouteille :

« Est-ce ainsi que d'un moine on ranime les sens ?

« Éloignez, croyez-moi, ces faibles excitans ;

« Allez dans les boudoirs, allez des femmelettes

« Magnétiser les nerfs avec vos cassolettes,

« Et laissez à mes soins ce frère agonisant. »

Là-dessus, tenant prêt son breuvage fumant,

Il prend un entonnoir, et, sans plus long chapitre,

Dans le ventre du carme, entier il coule un litre

De ce vin qui d'Aï fait renommer le cru,

Et dont mieux que personne il connaît la vertu.

Pends-toi, Broussais, pends-toi : tes talens admirables

N'ont jamais opéré de merveilles semblables.

A peine le frocard a-t-il de la liqueur

Senti dans l'estomac le feu restaurateur,

Qu'il darde un œil brillant que le Champagne éclaire;

Dans un brûlant transport il embrasse le frère

Qui de son sang éteint a rallumé l'ardeur,

Et l'accable des noms de père, de sauveur.

Bientôt, portant plus loin ses caresses bachiques,

Du harangueur W..... il gagne les barriques

Là, prodigue de mots, aussi rampans que doux,

Il se jette à ses pieds, embrasse ses genoux,

Et, s'oubliant enfin, il lui baise la face.

Cette scène jouée, il saisit sa besace,

En tire avec grand soin un lambeau de drap noir

Qu'il élève, empressé que l'on puisse le voir :

« Moines, dit-il alors de la voix la plus forte,

« Rendez grâces aux cieux; de loin je vous apporte

« Un talisman vainqueur qui, de vos ennemis,

« Pourrait seul renverser les efforts réunis :

« Du très-saint Maragnon c'est la robe sacrée.

« Élevez sur Mont-Rouge, enseigne révérée,

« Du trapiste guerrier ce pieux vêtement,

« Et contre vous l'enfer sera même impuissant.

« Frères, vous le savez, dans les jours de bataille,

« Affrontant, sain et sauf, les balles, la mitraille,

« Garanti sous ce froc, ce moine valeureux
« Des plus affreux périls sortit victorieux :
« Allons donc sans tarder, courons à la chapelle
« Implorer de ce saint l'assistance immortelle ;
« Et, chantant tous en chœur un joyeux *Te Deum*,
« Plaçons sur le clocher ce cher palladium. »
   Il dit : à l'applaudir la moinaille s'applique.
Cependant à sa voix résonne le cantique,
Et du noir guenillon, par ses mains attaché,
Le clocher dans les airs s'élève empanaché.
Quel pinceau vous peindrait l'allégresse comique
Qui meut à cet aspect la bande monastique !
D'un plaisir décevant les caffards animés,
Dansent la carmagnole en long cercle formés.
   C'est ainsi qu'aveuglés les habitans de Troie
Se livrèrent jadis aux transports de la joie,
Lorsqu'ils eurent traîné le monstrueux cheval
Qui cachait dans ses flancs un ennemi fatal.
   Afin d'entretenir cet élan fanatique,
W..... leur fait servir un banquet magnifique,
Et, bien qu'avec regret dépeuplant ses caveaux,
Des plus chauds de ses vins il fait couler les flots.
Cent tostes sont portés : on boit au ministère,
Aux congrégations, au drapeau tutélaire,

Aux matois d'Escobar, au patron Loyola,
Aux armes du Grand-Turc, que sais-je? *et cœtera.*
Enfin, pour couronner cette capucinade,
Vingt moines sur les murs vident une rasade,
En vouant aux enfers les nombreux combattans
Qui prétendent troubler leurs joyeux passe-temps.

Mais bientôt par le chef de nouveau balancée,
La cloche appelle au loin la horde dispersée :
En désordre elle s'arme, enfin se décidant,
Lentement elle arrive au poste qui l'attend.

Cependant l'ennemi qu'une autre ardeur signale
Arrête au lendemain l'attaque matinale ;
Les lourds obusiers en ordre sont parqués,
Et contre l'antre affreux les canons sont braqués.
Jamais, non, non, jamais, aguerrie et fidèle,
Aucun sol n'a produit une armée aussi belle.

Moines, recommencez votre chant triomphal ;
Pour demain Montlosier vous prépare le bal.

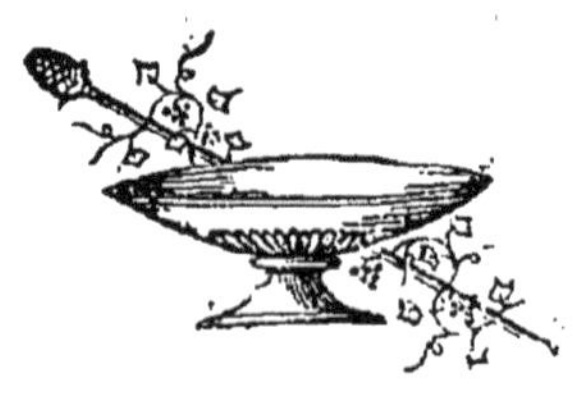

NOTES DU CHANT SECOND.

> Pour crier *tête à droite* oubliait son office.

Il est de notoriété publique que les bons pères de Mont-
Rouge exercent leurs néophytes au maniement des armes.

> Est-ce ce Montlosier qui près des cours sans titre.

M. de Montlosier est du grand nombre des fidèles amis du
Roi pour lesquels le ministère s'est montré soigneux de ne rien
faire. Et mon père aussi (on permettra sans doute à la piété
filiale cette seule plainte), et mon père aussi a vu disparaître,
devant des yeux égoïstes, le mérite d'avoir sacrifié sa fortune à
la défense d'augustes malheurs.....

3 Du nomade Mina fut le Colin-Maillard.

Lors de la dernière guerre d'Espagne, le Trapiste, qui s'é-
tait mis à la poursuite de Mina avec le général Donnadieu,
ne parvint jamais à joindre ce redoutable chef de guérillas. On
eût dit qu'ils jouaient ensemble à *attrape qui peut.*

FIN DES NOTES DU CHANT SECOND,

Chant Troisième.

ARGUMENT.

Romance du drapeau noir. — Coup de main nocturne d'un chevalier. — Les dindons sauvent le Capitole jésuitique.—Attaque de Montlosier.—Exploit du *Courrier Français*. — Combat entre la troupe assiégeante et le renfort des journaux ministériels. — Lingay tanse son journal qui lâche le pied.—Sa mercuriale est interrompue par Étienne.—Madrolle apostrophe Montlosier. — Sa punition exemplaire. — G....che se jette dans Mont-Rouge.—Ses avis.—Son couronnement.—L'armée marche entière contre Mont-Rouge. — Arrivée de Châteaubriand à la tête du *Journal des Débats.* — Il est vainqueur de cinquante Mamelucks. — Les moines sont battus. —Défaite de G....che et de ses appuis. — Elle est due aux journaux littéraires.—Alexandre Baudouin, vengeur de Rousseau et de Voltaire, brûle les ouvrages jésuitiques. — Le feu gagne les fagots. — Incendie de Mont-Rouge. — La Religion apparaît sur ses ruines et console la Patrie.

BRULANT d'ardeur pendant que tout sommeille,

Désir de plaire, arme mon bras guerrier;

Je vais, avant que le camp se réveille,

Me couronner d'un superbe laurier.

J'arracherai, Mars entier me domine,

Ce drapeau noir à l'ennemi si cher,

Et par l'Amour, par la Victoire offert,

J'en parerai le front de l'héroïne.

Astre des nuits, témoin discret,

Toi seul le sais, garde bien mon secret.

Moines, tremblez : ma lance vous menace,
Malheur à vous, je m'avance indompté ;
Preux chevalier, je suis rempli d'audace
Pour mériter tant céleste beauté.
J'arracherai, c'est pour plaire à Delphine,
Le drapeau noir qui s'agite dans l'air,
Et par l'Amour, par la Victoire offert,
J'en parerai le front de l'héroïne.

Astre des nuits, témoin discret,
Toi seul le sais, garde bien mon secret.

De mes rivaux j'entends mugir la rage ;
Par mon triomphe ils sont tous abattus :
Divin sourire a payé mon courage,
Et blanche main accepte mes tributs.
Autel d'hymen, déjà l'on t'illumine :
Ah ! mon bonheur peut-il avoir d'égal ?
Le drapeau noir en voile nuptial
Se change au front de la belle héroïne.

Astre des nuits, témoin discret,
Toi seul le sais, garde bien mon secret.

Ainsi, dans son servage, en courant la campagne,
Chante un preux chevalier que l'espoir accompagne,
Moderne Don Quichotte, il croit pouvoir lui seul
Démanteler Mont-Rouge et vaincre Saint-Acheul.

Déjà rempli d'ardeur à l'entour du repaire,
Il a deux fois guidé sa ronde solitaire ;
Dans son impatience il maudit son destin ;
Mais son œil inquiet aperçoit à la fin
Une porte en débris, par les siècles usée,
Offrant à ses projets une ouverture aisée.
Aussi prompt que l'éclair il y porte ses pas,
Et son poing vigoureux la brise avec fracas.
Il s'élance rapide..... ô frayeur, ô prodige !
Un essaim de dindons autour de lui voltige.
En sursaut réveillé, dans son vol offensant,
L'un fait rouler son casque et son panache blanc ;
L'autre, mettant à bout son trop faible courage,
Sous son ongle irrité déchire son visage ;
Pâle, défiguré, dans ces affreux momens,
Sans même se défendre il regagne les champs.
Mais, vaillant défenseur de la gent dindonnière,
Le sultan le poursuit, tout rouge de colère ;
Il le presse, l'atteint, cramponne son orgueil,
Et, d'un seul coup de bec, il lui dérobe un œil.
Alors, abandonnant l'heureux champ de bataille,
Dédaigneux de sa proie il l'offre à la volaille.
Oison cher aux Romains, toi qu'ils ont tant fêté,
Qui d'aise cancannas sur la pourpre alité,

Au dindon comme à toi qu'on élève une idole!
N'est-il pas le sauveur d'un nouveau Capitole?
Malheureux désormais qui dindon truffera!
Coupable sacrilége, en Grève on le pendra.
Cependant notre preux, honteux de l'aventure,
De son ample foulard se voile la figure,
Et revient tristement joindre ses compagnons.
Adieu, rêve d'amour, douces illusions!
D'ailleurs un œil de moins dégoûte une coquette :
Chant de gloire a cessé, seulement il répète :

> Astre des nuits, témoin discret,
> Toi seul le sais, garde bien mon secret.

Tout-à-coup la trompette aux tambours réunie,
Couvre de son refrain la plaintive harmonie;
Et l'aurore a déjà de son char matinal
Salué Montlosier qui donne le signal
En brèche sans tarder de battre les murailles.
A sa voix retentit le bronze des batailles.
Un pan croûle bientôt. Le courageux *Courrier*
Sur ces débris fumans arrive le premier;
En moins d'une minute il allonge cent bottes,
Et son fouet redouté fait voler cent calottes.
Le chef, qui l'applaudit, placé sur la hauteur,
Lui donne le surnom d'invincible fouetteur.

Fier de le mériter, il redouble d'audace.

Maître de la tranchée, il poussait dans la place,

Quand Montlosier s'oppose à sa fougueuse ardeur :

« Attends, noble guerrier, ménage ta valeur ;

« Ce n'est pas le moment, dit-il, veuille m'en croire,

« Dans cet antre infernal d'exposer tant de gloire ;

« Ailleurs il faut porter ton superbe courroux :

« Vois-tu ces ennemis qui marchent contre nous ?

« De l'odieux Mont-Rouge impurs auxiliaires,

« Vois-tu flotter dans l'air leurs vénales bannières ?

« Courons à leur rencontre, et que nos bataillons,

« Nettoyant le terrain, confondent ces champions. »

Il dit : l'armée entière enveloppe la bande,

Qu'orgueilleux de son poids le *Moniteur* commande.

Le plus affreux combat s'engage en un moment.

Le soleil qui s'avance aux rives d'Orient,

Croit encore éclairer de sa rouge auréole

Les champs de Marathon, d'Austerlitz ou d'Arcole.

Déjà, cherchant à fuir, le *Journal de Paris*

Laissait dans l'embarras ses frères, ses amis,

Lorsque Lingay paraît, écumant de colère :

« Est-ce ainsi, malheureux, qu'on sert le ministère?

« Est-ce pour te cacher qu'un seigneur bienfaisant

« Te nourrit chaque mois avec du trois pour cent?... »

Suivant l'us, il allait endormir l'auditoire,

Lorsque Étienne, arrêtant son déluge oratoire,

Un article à la main, vise son caudebec,

Et d'un coup peu commun lui bâillonne le bec.

A bien d'autres encor ce héros est funeste;

Il terrasse Pillet, qui, jouant de son reste,

De la vieille *Gazette* enlumine le teint

Pour ses douze abonnés du faubourg St.-Germain.

Terrible comme Alcide au rivage de Lerne,

Il renverse Fortis, l'*Étoile* et sa lanterne;

Le mystique Bonald, à son siècle étranger;

L'ultramontain Genoude et le Rummel Roger.

Voyageur, quelquefois, glacé par l'épouvante,

Lorsque de l'Aquilon mugit la voix bruyante;

Voyageur, as-tu vu, se détachant des monts,

La funeste avalanche effrayer les vallons?

Fière du poids récent de sa masse agrandie,

Elle roule, rapide, une course ennemie;

Des chênes abattus, des rocs précipités,

Ont rendu furieux ses efforts indomptés;

Mille toits écrasés attestent son passage,

Et l'abîme lui seul peut engloutir sa rage.

Ainsi notre héros signalait sa fureur.

Avec plus de prudence et non moins de valeur,

Dans le centre entamé de la horde tremblante,

Montlosier, répandant le trouble et l'épouvante,

Superbe, s'avançait sur son destrier poudreux.

Tout-à-coup un barbare, à l'œil louche, envieux,

Impromptu se présente, et, prenant la parole :

« Arrête, Montlosier, je me nomme Madrolle,

« Et *sur dispense d'âge*, à ta vieille raison[1],

« Je viens de préparer un gîte à Charenton.

« Chevalier déloyal, quel infernal génie

« Contre le molinisme arme ta main impie ?

« Libéral, jacobin, damné comme Attila,

« Que peux-tu reprocher aux fils de Loyola ?

« Est-ce du Béarnais le meurtre salutaire ?

« Tu sais que l'indévot négligeait son rosaire.

« Serait-ce par hasard la Saint-Barthelemy,

« Les massacres sacrés de Nîmes et d'Alby,

« De saints assassinats, d'utiles fusillades,

« L'exil des protestans, enfin les dragonnades ?

« Pour conserver sans tache un troupeau précieux,

« On dut sacrifier le bouc contagieux.

« Aveugle pharisien, funeste à ta patrie,

« Entends sa voix touchante, entends, elle te crie :

« Que fais-tu, Montlosier ? tu déchires mes flancs,

« En voulant me priver de mes plus chers enfans,

« De ces bons réjouis qui proscrivent la danse,

« Et, toujours bien mangeans, qui prêchent l'abstinence.»

Il aurait sans tousser, il aurait sur ce ton

Enfilé par chapitre un éternel sermon ;

Mais deux forts écuyers, le prenant par l'épaule,

Sans plus longue façon, vous saisissent Madrolle,

Et lestes, découvrant son tendre postérieur,

Aux fouets de maints journaux ils livrent le prêcheur.

La foudre, en ce moment, s'élançant de la nue,

Aurait moins effrayé la dévote cohue,

Que la correction, que le dru châtiment,

Vertement infligés au robin pénitent.

Chacun, craignant pour soi, tremblant pour son derrière,

S'enfuit avec effroi, repassant la rivière ;

Le *Pilote*, éperdu, sur son faible radeau,

Aux regards de C....ol se laisse choir dans l'eau ;

Et dame *Quotidienne*, oubliant ses lunettes,

Déloge, en entraînant par leurs longues manchettes,

Ces dragons féminins, en désordre accourus,

Portant de leurs aïeux les portraits vermoulus.

Cependant des vaincus obligeante estaffette,

G....che, en vrai sournois, dans Mont-Rouge se jette :

« Frères, moines, dit-il, en ce jour de malheur,

« Nous avons tout perdu, tout, excepté l'honneur ;

« Montlosier suit mes pas, il arrive, il se presse ;

« Nous n'avons plus d'espoir qu'en cette forteresse :

« A l'œuvre, mes amis ; il faut dans un instant

« De ce mur écroulé qu'on relève le pan.

« Il manque, direz-vous, pour un travail semblable,

« Le tenace ciment, la pierre indispensable ;

« Mais, misère ! un esprit vaste comme le mien

« Soudain a découvert un tout autre moyen.

« Trois fardiers sont chargés des livres qu'à C........

« Devaient depuis long-temps vos auteurs tributaires ;

« Empilez cette masse, et jamais, défensif,

« Un mur n'aura levé de front plus répulsif. »

A ces mots, le premier il se met à l'ouvrage.

Voulant récompenser un conseil aussi sage,

Aux yeux des travailleurs, dépouillant un jambon,

Le chef vient couronner le moderne Varron,

Qui, malgré le succès de l'armée hérétique,

N'a point désespéré de la chose publique.

A peine de G....che avait-il ceint le front,

Qu'on entend du vainqueur retentir le canon ;

Cent tonnerres d'airain vomissent la mitraille ;

Au même instant paraît au pied de la muraille,

Redoutable renfort, un gros de chevaliers,

Qui réclament l'honneur d'y monter les premiers.

On reconnaît leur chef à sa haute massue ;

Des sauvages Natchès jadis il l'a reçue ;

Quand, du Méchascébé rendant fameux le cours,

Il chanta sur ses bords Chactas et ses amours.

« Allez, dit Montlosier, allez, troupe guerrière ;

« Sans doute vous pouviez arriver la première.

« Allez ; mais, en ce jour, si vous portez des coups,

« Nous avons su marcher et combattre avant vous.

« Des amis d'Escobar nous confondions la rage,

« Lorsque vous balanciez entre Rome et Carthage.

« Courez donc sans retard, volez, nobles guerriers,

« Vous laver de l'affront de venir les derniers. »

Un semblable reproche enflamme leur colère :

Déjà sur le rempart, agitant sa bannière,

Châteaubriand, suivi des braves des *Débats*,

Est brûlant du désir de signaler son bras ;

Il cherche un ennemi digne de sa vaillance,

Un de ces furibonds qui, désolant la France,

D'un zèle fanatique attise le brandon,

Pour rallumer les feux de l'inquisition ;

Un de ces proscripteurs de toute tolérance,

Qui n'adorent un Dieu qu'au bûcher de Valence[2].

Nouveau tour d'Escobar, ciel ! vous attendez-vous

Aux premiers combattans qui s'offrent à ses coups ?

Pour défendre Mont-Rouge, arrivés de Rosette,
Ce sont cinquante fils de l'arabe prophète [3].
Cet aspect du héros embrase tous les sens;
Il s'élance, indigné, sur la troupe en turbans,
Et hâtant de ses coups la redoutable adresse,
Il est fier de venger les martyrs de la Grèce.

Tandis que ce vainqueur, précipitant ses pas,
Dépêche à Mahomet les jeunes apostats,
Montlosier, occupant le haut de la muraille,
Balaye avec vigueur la peureuse frocaille,
Qui s'enfuit en tremblant, qui se presse aux abois,
Comme un troupeau devant l'hôte royal des bois.
Vainement Lamennais, brillantant la science,
Gourmande longuement leur lâche *indifférence;*
A ce discours, reteint et cousu par morceau,
On lui dit de se taire, et qu'il pille Rousseau.

Cependant un seul point offre quelque défense:
Le front aussi touffu qu'un jambon de Mayence,
G....che, se montrant ferme au milieu des siens,
Se guindait, orgueilleux, sur l'amas de bouquins;
Mais pour lui quel malheur! quel malheur pour C.......!
Un groupe de guerriers, armés à la légère,
L'aperçoit, et, bientôt de son rampart poudreux,
Attaquant à l'envi les volumes nombreux,

Fait voler dans les airs l'argutie entassée.

Déjà le *Figaro*, d'une main exercée,

Renverse Jacquelin d'un énorme Vasquès[4],

Et tient Briffaut captif sous un lourd Moraines.

Le *Corsaire*, qu'anime une ardeur martiale,

Roulant l'in-folio, rend sa vigueur fatale;

Il terrasse Loyson et le censeur Laya,

Le souple Bénaben, G....che, *et cætera*.

La *Pandore*, entr'ouvrant sa boîte menaçante,

Avec l'*Opinion*, pousse au loin l'épouvante.

Quel déluge, grand Dieu! quelle confusion!

Madrolle est profané; c'est son édition

Que saisit sans pudeur cette troupe damnée :

A de plus saintes mains il l'avait destinée!....

L'ardente *Nouveauté*, signalant sa valeur,

De l'œuvre du robin promenant la lourdeur,

Des amis d'Escobar confondait l'espérance,

Quand un des Baudouin dans Mont-Rouge s'élance;

Du vandale G..on, arrachant les flambeaux,

Tout bouillant de colère, il prononce ces mots :

« A ces vils ennemis rendons guerre pour guerre;

« Les sots! ils ont brûlé mon Rousseau, mon Voltaire,

« Qui bordaient leurs écueils de fanaux protecteurs ;

« Brûlons à notre tour leurs livres imposteurs. »

Il dit ; déjà dans l'air la flamme étincelante,

Vigoureuse, poursuit sa course dévorante,

Et, gagnant les fagots en tous lieux répandus,

Apprend à l'univers que Mont-Rouge n'est plus.

Que vois-je ! ô ciel ! quelle sainte magie

Offre à mes yeux ses tableaux enchanteurs !

Ces vils débris se couronnent de fleurs ;

Des Séraphins j'entends la mélodie.

Jérusalem, célèbre ta victoire ;

Religion, tu descends parmi nous !

Par tes bienfaits, le règne le plus doux

Des premiers temps rappelle la mémoire.

Vois à tes pieds, couchés dans la poussière,

Tes ennemis par nos mains abattus ;

Leur souffle impur ne les flétrira plus,

Ces fiers enfans qui peuplent cette terre.

La douce paix, les arts et l'industrie,

De leurs tributs vont parer ton autel,

Et graveront, sur le bronze immortel,

Que ce triomphe a sauvé la patrie.

FIN.

NOTES DU CHANT TROISIÈME.

---

¹ Et pour dispense d'âge. . . . .

Dans le long titre de son ouvrage, M. Madrolle n'a rien oublié, pas même, sans doute par humilité chrétienne, qu'il était candidat sur dispense d'âge à la chaire de législation criminelle. Vous avez pris le bon chemin, maître Madrolle ; je ne serais pas étonné de vous voir recueillir quelque jour les lauriers de Marchangy.

² Qui n'adorent un Dieu qu'au bûcher de Valence.

On sait que, vers le même temps que le Portugal s'élançait sur le noble terrain d'une sage liberté, renouvelant un de leurs supplices infernaux, les inquisiteurs brûlaient solennellement un malheureux qu'ils accusaient d'hérésie.

O patrie de Gonzalve et du Cid, que tes malheurs sont à plaindre !...

³ Ce sont cinquante fils de l'arabe prophète.

On assure que c'est aux Jésuites que nous avons dû la visite très-honorable sans doute de son excellence barbaresque Sidy Mammouth. Que l'on dise maintenant que les enfans de Loyola ne sont pas des Turcs ; Turcs, et aussi Turcs que les cinquante mamelucks qui, suivant l'expression poétique de la *Villéliade*,

> *Du friand Loriquet ont peuplé le Bercail.*

⁴ Renverse Jacquelin d'un énorme Vasquès.

Les détracteurs de saint Augustin sont principalement les P. Molina, Annat, Vasquès, Pétau, Mariana, Théophile Raynaud, Syrmond, Morainès, etc. saint Paul n'était pas plus ménagé par la société que ne l'était saint Augustin ; elle les faisait également passer « *pour des têtes ardentes qui s'étaient souvent laissées emporter trop loin*, et qui auraient mieux fait de ne pas parler de la grâce.—*Bayle*, art. JEAN, ADAM, tom. 2, pag. 75 et suiv.

FIN DES NOTES DU TROISIÈME ET DERNIER